고봉밥

Over a Wall
Poetry
29

고봉밥

강돈희 시집 8

담장너머

다 살아 있는 덕!

길고 끔찍했던 여름을 뒤로 하고 단풍이 물드는 성숙의 계절 가을이 성큼 다가왔습니다.

최악의 여름을 경험했던 것도 다 살아 있는 덕입니다. 이제 맞이하는 이 가을은 고진감래…, 최고의 가을이 될 것입니다. 더 멋지고 더욱 아름다울 테지요.

여덟 번째…, 저에겐 보람이자 기쁨입니다.

짧고 쉬우면서 시 맛이 나고, 시 향기도 풍겨서 오래도록 남는 그런 시를 쓰고 싶었습니다.
그 소망을 담아내려 애쓴 흔적들입니다. 제 작은 시곳간에 차곡차곡 모아 두었던 고마운 녀석들입니다.

어여쁘게 보아 주시고 오래 기억해 주신다면 더욱 감사하겠습니다.

갱상일층루!…, 한 층을 더 오르려는 제 발걸음은 계속됩니다!

고맙습니다!

2018. 9.
선선한 바람부는 이른 가을날 아침에 채선당에서….
강 돈 희

차례

차례

나도 천사가 될 수 있다는 희망이 생겼다

오늘부터는 더 많이 욕심 버려야겠다

더욱 착하고 의미 있게 살아야겠다는 각오를 다진다

1부
고봉밥

해후

묵은 바지 호주머니에서 나온
천 원짜리 지폐 두 장과 백 원짜리 동전 두 개

이것도 큰돈이다 싶어
반가움에 다시 한번 어루만져 본다

언제부터 그곳에 갇혀 숨어있었는지 모르겠다만
세상에 빛 볼 날만 기다리며 있었으리라

천 원짜리는 돈 같이 여기지도 않는 세상에서
오롯이 자기 본분 다할 때를 기다리고 있던 이천 이백 원

내 너를 만난 것을 진정 기뻐하며
조용히 돈 통에 담아 둔다

언젠가는 너를 소중한 곳에 쓰리라
너희가 만들어진 이유를 정중히 깨닫게 해주리라

가을 들녘

코스모스 들국화 가득 핀 가을 들판에
따스한 가을 햇살 가득 담아 널 묻어주마

들꽃처럼 야생화처럼 살았던 너
바람도 정다운 너른 벌판에 가을이 오거들랑

아무 상념도 없이 부는 바람결 따라
가벼이 흔들리는 영혼을 아지랑이처럼 벗어두고

저 코스모스 만발한 가을 들녘에 아스라이
옛 자취를 더듬어 아픈 상처 가지런히 추려내어

아무런 미련도 욕심도 원망도 다 버리고
이제 빈손으로 이 빈 들녘에 조용히 잠들 거라

들국화 향기 지천으로 들불 번지듯 퍼지는
마른 바람만 가득한 저 벌판에 널 고스란히 거두어주마

정체불명

부채에 볼펜이 달린 것인지
볼펜에 부채가 덤으로 달린 것인지

볼펜에 달린 부채로 휘적휘적
마른 바람을 부른다

앙증맞은 바람이 겨우 겨우 인다
감질만 나는 싱거운 바람

회한

말만 들어도 낭만적인 물레방앗간
그곳에 가보지도 못했다
솔직히 우리 동네엔 있지도 않았다
다른 동네를 뒤져서라도 꼭 한 번 가봐야 했다
그곳에서 기어코 한 번은 했어야 했다
세상 어떤 일이 있더라도

"물방앗간 뒷전에서 맺은 사랑"은 단지 노래일 뿐이다

*현인 '비내리는 고모령' 중에서

빈 것에 대하여

비어 있는 거 너무 좋아하지 마라
빈 것도 빈 것 나름이다

마음은 비어도 좋으나
머리가 비어서는 절대 안 된다

생각 없이 사는 것만큼
무서운 것도 없다

비어 있는 거 너무 사랑하지 마라
빈 것도 빈 것 나름이다

호주머니는 비어도 좋으나
사랑 주머니가 비어서는 안 된다

손은 비어도 좋으나
가슴이 빈 채로 있어선 안 된다

생활은 어려울지라도
마음이 메말라서는 안 된다

몰라도 좋다

히말라야는 몰라도 좋다
알프스를 모른다고 무슨 문제 있으랴

지리산도 못 가봤고 한라산은 생각도 못 했다
겨우 동네 뒷산에 몇 번 올랐을 뿐이다

백두산은 마음속에만 있는 영산이었고
단풍이 곱다는 내장산도 그랬다

킬리만자로의 표범이란 노래를 좋아하지만
감히 아프리카는 내 꿈 밖의 일이다

내 나라 내가 사는 동네의 산도 다 모르는데
그깟 외국의 이름 있는 높은 산들이 무슨 소용이랴

내 생전에 그곳에 갈 일 없다
높은 곳은 마음으로만 추구하며 낮은 곳에 살리라

커피가 술보다 더 좋은 이유

커피는 취하지 않아서 좋다
얼굴 붉게 물들이지 않아서 좋다
아무리 먹어도 고얀 냄새 없어서 좋다
심장 뛰지 않고 마음 착 가라앉혀줘서 좋다
눈동자 풀리지 않고 혀 꼬부라지지 않아서 좋다
쓸데없는 용기 부추겨 엉뚱한 짓 하지 않아서 좋다
무엇보다 아무리 많이 마셔도 운전에 문제없어 좋다

개살구

값도 비싼 큰 차 탔더니
속도 계기판 끝에 260이 박혀 있다

평소 얌전하게 차 끄는 차 주인
150 이상 밟아본 적 없단다

200 이상은 불필요한 성능
필요 없는 숫자다

수명 다해 폐차할 때까지
결코 바늘이 끝까지 갈 일은 없다

그러고 싶어도 밟을 곳도 없다
목숨 걸 일은 더욱 없고

다 써보지도 못할 능력 무슨 의미가 있나
고성능은 빛 좋은 개살구일 뿐이다

야구장에서

타자는 매일 몇 번씩 죽고
투수는 매일 몇 명씩 죽인다

타자는 죽었다가도 신기하게 되살아나는
불사신 같은 거룩한 존재이고

투수는 더 많은 죽음을 끝없이 만들어내야만 하는
연쇄 살인자 또는 살인청부업자 같은 존재다

이 살벌하기 짝이 없는 스포츠가 수많은 사람을
들었다 놨다 하면서 울리고 웃긴다

될수록 덜 죽어야 위대한 타자가 되는 것이며
될수록 더 많이 죽여야만 위대한 투수가 되는 것인지라

타자는 죽지 않고 살아가는데 그 묘미가 있으며
투수는 기어코 죽음을 안겨야만 하는데 역량이 있는 것이니

오늘도 야구장 안에선 웃고 우는 가운데 서로
죽고 죽이는 법칙을 위해 죽을힘을 다해 겨루고 있다

저승길

참 욕심도 많아
갈 땐 다 두고 가는 거지

무슨 미련이 남아 귀를 두고 가나
혀와 간을 놔두고 가나

갈 때는 다 버리고 다 놓고 가볍게 떠나야지
빈손으로 맨몸으로 훌훌 떠나야지

그렇게 가야 저 세상 가는 거지
그래야 진정 가는 거지

저금

오늘도 여기저기서 시를 수집한다
읽지도 않을 시를 몇 번이나 더 보겠다고
열심히 확인키를 눌러댄다
복사도 하고 스크랩도 하고 직접 쓰기도 하면서

좋은 시 많아서
좋은 세상이란 생각을 했다
밥 먹는 일만큼 즐겁게 시를 찾아다녔다
시가 좋아 늘 그 속에서 놀고 싶었다

어쩌다 한 번씩은 되짚어서
수집했던 시들을 뒤적거리기도 하지만
하도 오래되어 기억에서 사라진 것들도 너무나 많다
그래도 나의 시 수집은 그칠 줄을 모른다

통장에 저금하듯이 시를 차곡차곡 모은다
하나 둘씩 쌓여가는 시들을 보며
읽지 않아도 마음은 이미 부자가 되어 날아다닌다
부자는 돈이 많아야만 되는 것이 아니다

남자 천사

세상에
남자 천사도 있다니
천사는 여자만 있는 줄 알았다

나도 천사가 될 수 있다는 희망이 생겼다
오늘부터는 더 많이 욕심 버려야겠다
더욱 착하고 의미 있게 살아야겠다는 각오를 다진다

천사가 되는 일이 얼마나 힘든 일인지를 잘 안다
천사가 되는 일은 하늘의 별 따기 같이 힘든 일이라는 것을
진정한 천사는 마음이 이루는 일이라는 것을
돈과는 큰 상관이 없는 일이라는 것을

*설악산 지게꾼 임기종 씨의 다큐를 보면서……

가을 소리

퐁당
밤 떨어지는 소리

얕은 개울에
아람 떨어지는 맑은소리

가던 발길
멈추게 하는 아름다운 저 소리

버리고 비우라고
내 마음 밝혀주는 깨우침의 큰 소리

수록

핸드폰이 카메라를 대신하는 시대
난 폰에 안 담고

내 눈에
내 마음에 담는다

씹는 것에 대하여

김장김치가 제법 잘 익었다
상큼한 맛에 더하여 아삭아삭 씹히는 맛이
정말 기막히게 일품이다
어쩌다 무른 김치를 먹을 때 있다
물컹한 느낌이 드는 순간 기분도 엄청 나빠진다
씹히는 맛이 없기 때문이다

인생은 씹는 맛이 있어야 한다
그 맛으로 사는 거다
무엇을 씹건 씹히지 않으면 재미가 없다
정치를 씹고 인생을 씹고 초라한 자신을 씹으면서
그 질기고 아리고 비린 맛에 사는 거다
인생에서 참맛은 아삭아삭 씹는 그 맛에 있다

하지만 인생에 어찌 달콤한 일만 있으랴
때때로 잔혹하게 씹힘을 당하기도 하는 것을
씹는 맛이야 더할 나위 없이 좋지만
씹히는 맛은 죽을 맛인 것을
그렇게 씹고 씹히는 것이 인생인 것을

오늘은 또 무엇을 씹게 될지 바짝 긴장이 된다

삼류

난 일류는 아닌가 봐
툭 하면 눈물 짜는 거 보면

일류는 눈물 흘리지 않는다는데
눈물은 삼류나 흘리는 값싼 것이라는데

나는 삼류인가 봐!
이렇게 눈물 잘 흘리는 걸 보면

지름길

세상을 행복하게 사는 방법은 의외로 간단하다

늘 웃으면서

늘 감사하는 마음으로

나보다 더 어려운 사람들 생각하면서

내일은 그래도 오늘보다 나을 것이라 믿으면서

이유

네 엉덩이
왜 무거운지 알겠다

비 온다고
날씨 흐렸다고
눈 많이 온댔다고

돈 많이 든다고
길에 차 많이 밀린다고
너무 덥거나 춥다고

거리가 멀다고
시간이 안 맞는다고
같이 갈 짝꿍이 없다고
컨디션 나쁘다고

이 핑계 저 핑계
네 엉덩이 정말 무겁구나

새 명함

새 명함 팠다
하는 일이 마땅히 없으므로
직업은 밝히지 않았다

대신 큰 간판만 걸었다
내가 창당한 작은 정당(情黨) 소소당(小小黨)
그 당수임을 당당히 밝혔다

시인임도 넌지시 알릴 겸
뒷면에 창당이란
짧은 자작시 한 수 슬쩍 실었다

나도 이제 선뜻
명함 내밀 자신 생겼다
어엿한 시인이자 폼나는 소소당 당수이므로

소시민으로 살기

천하를 다툴 일 아니면
평범하게 조용히 살 일이다

나머진 다 거기서 거기
주어진 생에 감사하며 살 일이다

그저 잠시 머물다 가는 인생
지지고 볶을 일 아니다

사는 게 너무 힘들어
턱 턱 숨이 턱밑에 차게 살아도

천하를 다투는 일 아니면
유유자적 물 흐르는 대로 살 일이다

1부 고봉밥
고봉밥

고봉밥

오늘 아침에도
밥이 거의 고봉이다
밥 많이 먹고 더 힘내라는
고마운 뜻은 충분히 알겠는데
왠지 먹기가 부담스럽다

살찔까 봐 그러는 건 아니다
소식(小食)이 좋다고 그러는 것도 아니다
오직 먹기 편하게 알맞은 식사를 원할 뿐
내 정량이 크지 않은 까닭이다
이것도 다 타고난 팔자

내가 좋아하는 말
과유불급
지나친 것은 미치지 못함만 못 하다
조금 적은 듯 먹는 게 상책이다
나는 많은 밥이 필요 없다

인생도 그러하다

행복한 이유

차 뽑지 않아도
뽑을 궁리만 해도 즐겁다

명함 파지 않아도
팔 생각만 해도 신난다

책 만들지 않아도
만들 생각만 해도 흐뭇하다

음식점 가지 않아도
외식 생각만 하면 군침 돈다

시 쓰지 않아도
시상만 떠올라도 기쁘다

여행 가지 않아도
갈 상상만 해도 행복하다

여자 만나지 못해도
데이트 염두만 둬도 설렌다

서로 마음 편하게 만나야 한다

당연히 그러자고 했다

만남도 뜸 들였다 만나야 제맛이다

2부

밤 이야기

행복의 기준

아침에 눈물 흘렸는데
점심시간에 또 눈물 흘린다

왜 이렇게 눈물이 많은지
흘린 눈물만큼 행복한 것일까

눈물 많이 흘릴수록
행복한 것이라면 얼마나 좋을까

눈물 많은 사람일수록
더 행복한 사람이라면 얼마나 기쁠까

눈물 많이 지으며 사는 이유가
행복한 사람임을 증명하기 위함은 아닐까

결의

정보유출 건으로 재발급 신청한 카드가 왔다
아침에 콜센터에 등록하면서
자동 재발급 대상에서 제외되었다는 사실을 알았다

황당해서 개설점에 문의하니 대출이 있어서 그렇단다
등록한 카드를 당장 가위로 잘라버렸다
앞으로 그 카드를 두 번 다시는 만들지 않을 것이다

카드가 많아 골칫거리였는데 이참에 아주 잘됐다
하나 없애고 나니 마음이 홀가분하다
내 욕심도 그만큼 줄었으니 세상도 더 조용해질 것이다

뜸

지인과 돌아오는 금요일 점심을 하기로
3년 만에 약속을 잡았다

하루 지나서 전화가 왔다
사정이 생겨서 다음 주로 연기하자고

서로 마음 편하게 만나야 한다
당연히 그러자고 했다

만남도 뜸 들였다 만나야 제맛이다
단박에 만나는 것보다 더 감칠맛 있다

개미 같은 삶

개미를 좋아해서
개미처럼 살고자 했다

베짱이를 싫어해서
베짱이처럼 살까 걱정했다

오로지 일만 아는 삶도
경계해야 하지만

일보다 노는데 치중하는 삶은
더욱 경계해야 한다

일이 중요하듯 노는 것도 중요하되
두 가지가 조화롭게 균형을 맞춰야 한다

어느 것 한 가지에 몰리면
피곤하거나 의미 없는 삶 되기 쉽다

나는 지금도 개미를 좋아한다
여전히 베짱이 같은 삶을 경계하고 멀리한다

밤 이야기

겨울도 깊어가는 한밤중에
돌처럼 딱딱하게 굳은 말린 밤을 먹는다
내 머리도 저 말린 밤처럼 딱딱하게 굳어가는 건 아닌지
비단 머리만이 아니라 행동까지 갈수록 뻣뻣해서
느는 건 오직 사방의 적 뿐인 아찔한 밤이다

시간이 흐를수록 매사 잊어먹는 일투성이고
뒤만 돌아서면 수시로 까먹는 것이
이제 곧 머지않아 저 말린 밤처럼 될지도 모른다는 생각에
입안에서 달콤하게 흐무러지는 꿀밤 맛조차도
아득하게 잊어먹는 서글픔만 더해가는 깊은 밤이다

튼실했던 밤이 시간이 흐를수록
말랑말랑해졌다 이내 그 부드러움 다 잃고
마침내는 딱딱하게 굳은 밤이 되어가는 모습을 보며
나무도 죽은 나무는 태풍에도 흔들리지 않는다는 슬픈 말에
가슴이 사무치게 시려오는 춥고 매운 겨울밤이다

바보

얼굴을 뜯어고치다니
멀쩡한 제 얼굴을

못나서 더 정이 가던 얼굴
영 딴판으로 몰라보게 바꾸었네

아, 이 사람이 그 사람인가
믿을 수가 없네

그렇게 생판 다르게 확 고치면
더 나은 인생 보장되는가

못나서 더 예뻤던 얼굴
그 덕에 사랑받은 것도 모르는 바보

인생을 채 알기도 전에
이미 세상을 다 살아버린 얼간이

하굣길

초저녁 하굣길
여중생 둘이 횡단보도를 건넌다

짧은 교복 치마 아래로
싱그럽게 드러난 네 다리가 참 예쁘다

이미 마음을 맞춘 듯 발걸음도 착착 맞아들어간다
가늠하지 않아도 척 보이는 우정이 맑고 크다

마치 한 사람인 양 경쾌한 걸음 걸음이
햇살도 따사로운 저녁 길 위에 통통 상큼한 소리를 낸다

합평회

뭐 할 말 있나

그저 감상만 할 뿐

글 좋다! 박수만 보낼 뿐

점심 때우기

오늘 점심은
6백 원짜리 샌드위치 하나
고소한 땅콩크림이 들어 있다

주룩주룩 가을비는
장맛비처럼 세차게 내리퍼붓는데
시간은 어김없이 찾아오고

무엇을 먹을까
쥐어짜듯 머리를 짜내도
이거다 싶은 마땅한 먹거리 없어

점심 한 끼 끼니 때우기가
이렇게 힘들구나
안 먹고 살 수 있는 묘책은 없는가

하루의 절반을 넘기며
중대한 고비 하나를 또 넘는다
오늘도 눈에 삼삼한 점심은 풀지 못한 숙제다

만찬

3분이면 먹을 수 있는 컵라면 앞에서
마치 만찬을 대하듯 경건하다

그 알량하고 작은 컵라면 앞에 놓고
무슨 큰 행사라도 앞둔 양 가슴이 뜨거워진다

김치도 단무지도 하나 없는
달랑 컵라면 하나만 있는 자리건만 마음이 들뜬다

기대와 설렘으로 부풀어진 가슴
내 인생에서 가장 소중한 한 끼의 식사를 마주한 순간

우연히 잊었던 애인이라도 다시 만난 양
입안에 절로 고인 침이 꼴깍 목울대로 넘어간다

행사에 앞서 긴 국민의례 치루 듯
먹기도 전에 이미 거창한 식전의례 거쳤다

우스운 인생

인생은 우스운 것

생각처럼 안 되니까
말은 쉽고 행동은 어려우니까
속과 겉이 다르니까
늘 부족하고 모자라니까
그저 욕심 채우기에 바쁘니까
결국은 미완성으로 끝나는 것이니까
그래도 아름답다 믿으니까
어떻게 살 건 살려는 노력 자체가 희극이니까
태어나고 살고 죽는 여정이 애달프니까

언젠가는 모두 죽으니까

새로운 호

이름 대신 부르는 호(號)도
잘 지어야 한다

허당(虛堂)이란 호를 선물 받았다고
아는 지인이 전화를 했다

그이와는 썩 잘 어울리는 호였다
본인도 매우 만족해하는 느낌이었다

말짱황이란 재밌는 호를 가진 분도 있어서
둘이는 배를 잡고 한참을 웃었다

어차피 빈손으로 왔다가는 인생
빈집이 되어 보는 것도 아름다운 일이다

기다림 속의 인생

바로 내 앞에서 교통신호 끊길 때
그대는 어떤 기분인가
급한 일이 있을 땐 짜증스러울 것이고
그렇지 않을 땐 느긋할 것이다

적당히 눈치를 봐서
신호를 어기고 나갈 때도 있을 것이다
신호 끊이지 않고 언제나
푸른 신호만 받으며 살 수는 없다

행여 신호 걸리걸랑 호흡을 가다듬으며
다음 차례를 기다리는 것
그렇게 기다림 속에서 순서를 기다리며 살다가
때가 되면 마침내 군말 없이 가는 것

그게 인생이다

오발탄

마님에게서 전화 왔다
네 마님! 공손히 전화를 받았더니
저런, 잘못 걸렸단다

보고 싶어서 했던 건 아니지?
거듭 확인을 한다
이따가 볼 건데요 뭘 그러냐며 얼버무린다
어물쩍 넘어가려 한다

어쨌건 보고 싶어서 한 건 아니니까
갑자기 당황했을 것이다
뻔히 알면서 나도 참 짓궂다

그래도 보고 싶었다고 하면 어디 덧나나
마님이 살짝 얄미워진다
끊긴 전화 속에 보고 싶은 마음
고스란히 남아 있다

착각

모 카페에서 어느 분이 내 졸시에
독자라고 댓글로 밝히셨다
나는 그 말에 가벼운 흥분을 느끼며
스스로 감동에 빠졌다
우와~ 나에게도 독자가 있구나
내 시 좋아하는 사람 있구나
너무 행복한 기분이 들어
마음이 둥둥 하늘을 마구 떠다녔다

한참 지나서 가만 생각해보니
애독자와 독자를 착각하고 있음을 깨달았다
나는 그분이 말씀한 독자를
내 시를 즐기는 애독자로 여겼으니 말이다
엄연히 독자와 애독자는 다른 것을
그 구별도 못하다니 스스로 부끄러웠다
혼자 가만히 생각할수록 낯 뜨겁기도 하지만
그래도 잠시나마 달콤했던 시간은 분명 행복이었다

결정적 단점

늘 짧은 게 문제다

생각이 짧아서 문제를 만들고
행동반경이 짧아서 늘 허기져 있다

능력이 짧아서 줄곧 한계를 벗어나지 못하고
연륜이 짧아서 고수가 되지도 못한다

늘 짧은 탓만 하며 산 죄 너무 커
죽었다 깨어나도 긴 것 하고는 인연이 없을 것 같다

습관

다
습관

남
비난하는 것도

저
혼자만 잘난 줄 아는 것도

술래잡기

나는
화끈하다
걸렸다 하면
항상 40킬로 이상
범칙금 9만 원에 벌점 30점

나라가
내 속도를
정하고 단속하며
길들이려 애를 쓰지만
그런다고 기죽을 내가 아니다

나는
오늘도 쾌속을
자랑하며 달려나간다
누가 내 길을 막을 것인가 감히
어디 한 번 날 잡아봐라

부러진 방망이

부러진 방망이에서도 안타는 곧잘 나온다
방망이 부러졌다고 실망하지 마라
부러진 방망이도 쓸모가 있다

이미 부러진 방망이가 안타를 만들 순 없지만
방망이의 역할을 충실히 이행했다면
비록 부러졌어도 부끄럽진 않을 것이다

안타는 사람이 만드는 것이지
방망이가 만드는 것이 절대 아니다
방망이는 그저 방망이일 뿐

안타는 방망이가 만드는 것이 아니다
카메라가 사진을 만들 수 없듯이
붓이 그림을 그리지 못하듯이

착각하지 마라
모든 건 그것을 다루는 사람이 만드는 것이다
나머지는 그저 도구일 따름이다

감염

지하철 타고 오는 귀갓길
맞은 편 앉은 사람 열심히 존다

조는 그 모습 보고 있자니
내 눈도 이내 조금씩 무거워져

졸음도 감염성 강한가 보다
어느새 꾸벅꾸벅 정신없는 내 머리

버킷리스트

나에게 버킷리스트 같은 건 없다
오직 하루하루 열심히 진실하게 살 뿐
오늘이라는 귀한 시간 살아 있음에 감사하면서

설령 꼭 이루고 싶은 일이 있다 하더라도
죽기 전에 반드시 해야 할 일이라고는 생각하지 않는다
살아생전 이루면 다행이고 못 이루면 그만일 뿐

이루고 싶은 것도 하고 싶은 것도 많지 않다
내 좋아하는 일을 하며 건강하게 사는 것으로 족하다
인생은 그저 조용히 왔다 조용히 가는 것 아닌가

2부 밤 이야기
고분별

조화

흰 사기 그릇 속 먹다 남은 검정 콩밥에
봄 한철 별미인 뻘건 돌나물김치 국물을 부었다

몇 조각의 파랗고 긴 미나리와 돌나물이 어울려
빚어내는 색감의 조화가 기막히다

하얀 자기 속에서 흰쌀밥과 검은 콩이
파란 미나리와 돌나물과 함께 벌건 국물에 담겨 있다

사진이라도 한 장 찍어둘 걸 후회가 파도처럼 밀려왔다
먹기에도 아까웠던 선연한 모습이 아직도 두 눈에 영롱하다

새봄엔 먹는 것들이 모두 다 보약이다

그렁그렁 순한 눈물이

나도 모르게 그만 주르륵 떨어질 것이다

아름다운 사랑을 만나면

누구나 다 그렇게 되는 법이다

3부
나이 먹기

묶인 삶

다 큰 고양이 한 마리가 묶여 있었다
웬만한 담이나 지붕은 놀이터에 불과한 너에게
구속은 너무도 가혹한 처사로구나
묶여 있는 네 모습 보자니 내가 다 묶인 듯 답답했다

먹는 것 이상으로 움직이길 좋아하는 야성인 네가
저리 꼼짝없이 묶여서 잡혀 있으니
살은 살대로 쪄서 통통하고 우람한 몸 되었구나
움직이기에 얼마나 힘들고 번거로울까

하긴 너를 묶은 것이 어찌 주인 맘이랴
무서운 차들이 질주하는 저 거리가 너를 묶은 것이지
행여 너 잘못될까 걱정되어 붙들어 놓은 거지
조금이라도 더 오랜 세월 곁에 두고 함께 하고 싶어

참새와 고양이

병들고 굶주린 고양이 한 마리
삐쩍 마른 몸이 곧 부서질 것만 같아도
동그란 눈 크게 뜨고 야옹거린다

가여운 생각이 들어 먹을 걸 주어도
덥석덥석 먹지 않는다
아직도 배가 덜 고픈가 보다

댓돌 위에 먹던 김밥 두 개 주었더니
속 안의 달걀부침만
깍쟁이처럼 쏙 빼먹고 사라졌다

또다시 올지 몰라 그냥 두었더니
그새 소나기 한차례 지나갔다
팅팅 불어 흩어진 밥알이 마냥 어지러운데

마당 가에 참새 서너 마리 놀고 있었다
혹시 문 닫고 들어가면
먹을지도 몰라 생각하고 들어갔다

한참 뒤 혹시나 문 열어보니
오메 놀라워라 역시나
밥알은 다 먹고 김만 긴 껍질로 남았다

녀석들 어지간히 배가 고팠나 보다
만족한 모습으로 분주히 주변을 깡충대는데
저 멀리 하늘에 먹구름 개기 시작했다

아들

최대한 늦게 왔다가
최대한 빨리 가기

하루라도 더 자고 가는 것이 아니라
하루라도 덜 자고 가기

되도록 오래 머물다 가는 것이 아니라
되도록 짧게 머물다 가기

구호

아내가 가게에 도착했다
눈이 마주치는 순간

충성!
구호를 크게 외치며 거수경례를 힘껏 올려붙였다

충성!
아내도 웃으며 재치 있게 거수경례로 받는다

두 얼굴에 배시시 피어난 반짝 미소
갑자기 발동한 장난기에 싱그러움 가득한 어느 가을 오후

일 년 열두 달

1월은 새로운 마음 신선한 느낌으로 보내고
2월은 짧아서 어느 틈에 지나가고
3월은 꽃샘추위와 놀다 후다닥 지나가고
4월은 봄맞이에 봄바람 나느라고 황망히 지나가고
5월은 여러 가지 행사로 정신없이 가버리고
6월은 길고 긴 낮 덕분에 하루가 바쁘게 지나가고
7월은 복더위에 땀과 짜증 범벅으로 힘겹게 지나가고
8월은 휴가와 피서 늦여름 즐기다 맥없이 가버리고
9월은 정신 가다듬다 보면 휙 지나가고
10월은 단풍놀이 생각에 울긋불긋 물들어 보내고
11월은 겨울준비 가을걷이로 분주히 보내고
12월은 지난 1년 마무리하며 진한 아쉬움 속에 보내고

3부 나이 먹기
고봇밥

아니다

가창력이 있어야만 가수를 하는 건 아니다
힘세고 덩치가 커야만 운동선수가 되는 것도 아니다
머리 좋고 공부 잘해야만 성공하는 것도 아니다
문학 전공하고 문창과 나와야만 시인이 되는 것도 아니다
출세하고 성공해야만 훌륭한 인생이 되는 것도 아니다

깨달음

평상시엔 모른다

공기 한 숨
물 한 모금
빵 한 조각
빛 한 줄기

그것들이 얼마나 소중한가를
목숨이 경각에 달려야 비로소 알게 된다

* 영화 "127시간"을 보고서…….

계약

자동차 보험 들다 보낸 반평생
또다시 찾아온 계약
벌써 1년이 지났다는 이야기

들자니 벅차고
안 들자니 부담스럽고
그렇다고 무보험으로 탈 배짱도 없고

차 갖고 사는 일이 이리 힘들다
버릴 수도 없는
애물단지 내 친구 자동차

저거 없으면 살지도 못 하면서

하이패스

고속도로 지나갈 때
하이패스로 쭉쭉 빠져나가는 것도 좋지만
요금소 둘러 잠시 정차하면서
수고하시는 요금원 이쁜 얼굴도 보고
가벼운 대화도 나누고 가면
멀고 긴 나들잇길도 잠시 여유로워진다
힘겹던 졸음도 쫓아내고
긴장했던 마음도 한결 가벼워진다

사람을 만나 얼굴을 보고 이야기 나누는 것
그것이 비록 돈과 관계된 일일지라도
일방적이고 맹목적인 돌파로 그냥 쭉 지나치는 것보다
훨씬 낭만적이고 멋스러운 일 아닌가
하이패스 단 것이 최고가 아니다
조금 늦게 가더라도 내 손으로 요금 내고 가련다
조금 늦게 가더라도 더 낭만적으로 살겠다
조금이라도 더 지긋하게 살겠다

아름다운 사람을 보면

설악산 가서
그곳에 사는 지게꾼 임기종 씨 만나서
그의 투박한 손을 부여잡으면
눈물 뚝뚝 떨어질 거다

그렁그렁 순한 눈물이
나도 모르게 그만
주르륵
떨어질 것이다

아름다운 사람을 만나면
누구나 다
그렇게
되는 법이다

자기보다 더
아름다운 사람을 만나면
절로 그렇게 되는
법이다

3부 나이 먹기
고봇밥

둘 둘 둘

둘 둘 둘이 그립다
매일 편한 믹서만 먹다 보니
이제 옛날 커피 맛도 잊어버렸다

취향에 따라 즐기던 커피
프리마와 설탕을 적당히 넣어서
각자의 입맛대로 즐기던 그때의 그 커피

편한 것도 좋지만
약간의 성의와 시간을 버무리면
한결 더 그윽하고 향긋한 커피를 즐길 수 있다

이제 다시 둘 둘 둘을 위하여
프리마와 설탕과 그릇을 구입해야겠다
느긋하게 옛날로 돌아가야겠다

) 3부 나이 먹기
고백

증표

어쩌다가
바지에 볼펜 똥 묻혔다
내가 늘 공부하는 사람이라는 것을
여실히 증명해주는 증표다

실수가 보약이 됐다

지금 이 시간

지금 이 시간
어딘가를 향해 힘차게 달리고 있는 사람들 있을 것이다
콧노래를 부르며 신나고 설레는 마음으로

지금 이 시간
남들 다 쉬는 일요일임에도 불구하고
몇 푼의 돈을 더 벌기 위해 출근하는 사람도 있을 것이다

온종일 푹 쉰다거나 여행을 한다거나 하는 따위는
감히 꿈도 못 꾸며 사는 사람들
오로지 사는 일에만 매달려 다른 건 생각할 겨를도 없이

지금 이 시간
웃음보다는 눈물로 가슴을 달래며
또 하루 모진 세월을 이 악물고 사는 사람도 있을 것이다

지금 이 시간
누군가는 달콤한 세계에 빠져
시간 가는 줄 모르게 행복에 겨운 사람들 있을 것이다

희망 사항

유연성은 리듬체조의 여왕 손연재만큼만
순발력은 펜싱의 맏언니 남현희만큼만
힘의 응집력은 역도의 전설 장미란만큼만
집중력은 사격의 마지막 한 발 진종오만큼만
도전성과 대담성은 체조 뜀틀의 신(神) 양학선만큼만
포기를 모르는 끈기는 유도의 34세 노장 송대남만큼만
한결같은 꾸준함은 빙상 스피드스케이팅의 이규혁만큼만

여자는 모르리

여자는 모르리

흰 눈 위에 그림을 그리거나
하얀 눈을 직사로 녹이는 그 재미를

이루지 못한 꿈

먼 곳에 있는
꽃을 따려고 했다

그 꽃을 그리며
매일 살뜰한 꿈을 꿨다

늘 먼 곳에 있었기에
내 손길 미치지 않았지만

그럴수록 마음은 뜨거웠고
이루지 못한 꿈은 더욱 애절했다

아름다운 꿈으로 오롯이 남은
이루지 못한 고운 그 꿈을 오늘도 그린다

그것이 내 인생의 전부인 것처럼
그게 없으면 마치 인생이 완전히 끝장인 것처럼

큰 꿈

그대여
고작 신춘문예에 목을 매는가

그대여
겨우 그깟 문학상 하나에 안달하는가

나는 시대와 국경을 넘어 모든 사람에게
희망과 기쁨을 주는 시 한 편 쓰기를 진정으로 갈망한다

모든 이의 가슴을 적셔줄 따스한 시 하나 짓고 싶다
누군가의 가슴에 오래 남을 샛별 같은 시 하나 얻고 싶다

나는 오롯이 거기에 온 승부를 건다
전 생애를 걸고 신명 바쳐 쓴다

시인은 오직 시로 말할 뿐이다
시가 전부여야 한다

꼭두각시놀음

세상은
짜고 치는 고스톱

미리 짜놓은
시나리오 그대로

연출 각본, 주연과 조연
거기에 감독까지

모두가 한통속 한 뜻
모르는 너만 바보

반성

남의 잘못 또는 실수에
그렇게 모질게 대할 필요는 없다

악을 쓰며 핏대 올려봤자 저만 손해다
남는 이득 하나 없다

시간 지나 생각하면 후회스러울 뿐
좋은 기억 없이 부끄러울 뿐

그래봤자 누워서 침 뱉기야
제 얼굴에 침 뱉기야

결과와 과정

인생이란 거대한 물결은

결과만 놓고 보기도 그렇고
과정만 갖고 판단하기도 그렇고

결과도 중요하고 과정도 중요한 것
결과와 과정 모두가 나쁘다면 잘못된 인생인가

과정이야 어떻건 결과만 좋으면 성공한 인생인가?
결과가 나쁘면 아무리 과정이 좋아도 실패한 인생인가

인생이란 거대한 물결은 그저
오늘도 웃으면서 도도히 흘러갈 뿐이다

결과와 과정 따위엔 상관도 없이

상속

망자의 유산을 남아 있는 배우자에게
몰아주는 상속법이 개정될 예정이라는 뉴스다

밤마다 방송국마다 열을 내서 보도하고 있다
일리 있는 말에 나도 고개 끄덕인다

앞으로는 무조건 부자와 결혼할 일이다
인격은 이제 완전히 찬밥 신세

돈이 무엇보다 우선시 될 건 불을 보듯 뻔하다
그래야 노후가 보장될 것이 확실하므로

사람 보고 결혼한다는 말은 이미 전설이 되었다
나도 그렇게 가정을 꾸렸는데 우리 부모들이 그러했는데

3부 나이 먹기
고봉밥

나이 먹기

새해를 맞아 나이 한 살 더 먹는 일이 즐겁다
세월 따라 익어가는 일이니까
세월 속에서 나를 무르익히는 일이니까

나이 먹기 싫어하는 사람들의
나이까지 기꺼이 덤으로 더 먹어주면서
조금은 더 노련하고 여유로운 연륜을 얻고 싶다

그래서 오십 중반의 몸으로
고목 같은 노인의 지혜와 혜안을 얻고 싶다
그것으로 세상에 작은 이바지하는 사람으로 살고 싶다

세상을 조금이라도 더 아름답게 만드는
노인 같은 젊은이로 살고 싶다
나이 먹는 일이 즐거운 일임을 몸으로 보여주겠다

그녀가 톡으로 보내온

커다란 빨간색 하트 두 개

뜨거운 사랑이 펑펑 터지기라도 한 듯

조용했던 가슴이 출렁거린다

4부
인생은 운전

진주만

죽음으로 가는 길도 아름다워라

거룩하고 높으며 밝은 죽음

죽어도 영원히 살아 있는

찬란하게 빛나는 푸른 하늘의 보라매 인생

* 영화 '진주만'을 보고, '두리틀 도쿄 공습작전'!

진정한 승자

패자가 내미는 악수를 거부하는 승자는
승자가 아니다

먼저 손 내밀 줄 모르는 승자도
승자가 아니다

게임은 이겼어도 도량에선 진 승자는
진정한 승자가 아니다

우리가 벌써

- 그때 그 사람

우리가 벌써
그때 그 사람이 되었나요

겨우 단 한 번의 만남이 있었을 뿐인데
고작 그것으로 끝이 난 건가요

주고받은 대화가 마음에 들지 않으셨나요
너무 엉뚱해서 앞으로의 만남이 부담스럽던가요

거짓 없이 진실한 마음으로 가졌던 첫 만남
긴 인연으로 이어지지 못하고 마지막 만남이 되었군요

우리가 어느새 그때 그 사람이 되었다니
언젠가 까맣게 잊힐 추억의 한 조각이 되고 말았군요

4부 인생은 운전
고봉배

격세지감

내 첫차는 91년식 쥐색 르망이었다
첫차를 살 적엔 오직 이름과 모양만 보고 샀다
성능이니 사양이니 하는 것 따윈 생각조차 못 했으며
마력이 얼마고 토크가 뭔지도 몰랐다
고작 운전만 겨우 할 줄 알았다

이십여 년이 지난 지금은
철저하게 성능과 모양과 사양을 따진다
차 이름과 가격도 중요하지만
같은 값이면 다홍치마라고 했으니까
마력과 배기량, 연비와 각종 편의사양을 꼼꼼하게 살핀다

나에겐 집만큼 중요한 재산이자 생활공간이므로
이왕이면 더 편안하고 경제적이며
더욱 빠르고 안전한 이동수단이어야 함으로
그리고 무엇보다 나를 지켜주는 고마운 친구이면서
내 뜻을 잘 따라주는 착한 동반자이어야 함으로

마술

아무리 봐도 신기하네
저 물건

영하 십 도를 밑도는
이 추운 겨울의 강추위도

저 물건 하나면
능히 이길 수 있다니

잠자리 날개처럼 투명하고
바람도 숭숭 드나들 것 같은 저것이

한겨울도 겨울일 수 없게 만드네
어떤 요술을 부린 것일까

남자들은 모르네
저 물건의 따뜻함과 실용성을

여성들의 다리를 위한 여자들만의 전유물
여자를 더 여자답게 만드는 일등공신

저것의 매력은 풀 수 없는 수수께끼
나에겐 그저 신비한 마술 같네

아무리 봐도 싫지 않네
끝없이 내 눈길을 사로잡네

속물

큰 차 타보면
큰 차 욕심 생길까
나도 저런 차 갖고 싶다고

시원하게 쭉쭉 나가는
고갯길도 힘차게 치고 올라가는
총알이 빠른지 차가 빠른지 분간하기 힘든

여러 명 함께 타도 혼자 탄 것처럼 느껴지는
웬만한 충격 따위는 있었는지 없었는지 알지도 못하는
큰 차가 왜 좋은 차인지를 몸으로 여실히 보여주는

그런 큰 차에 목매게 될까

4부 인생은 운전
고봇밥

어느 세월에

오랜만에 은행에 갔더니
이십 만원으로 삼천만 원 만들기가 있었다

복리 3.5%로 10년 동안 부어야 한단다
돈 모으기가 저렇게 힘들다

뛰는 물가에 하늘 높을 줄 모르는 전셋값을
저렇게 부어서 어느 세월에 따라잡는단 말인가

허리가 휘어지고 뼈가 부서지게 일해도
손에 쥐는 건 언제나 알량한 잔돈 몇 푼뿐

부자들에겐 껌값 같은 억이란 돈이
서민들에겐 평생을 벌어도 못 버는 꿈같은 돈이다

한달 새 약올리듯 2억 오른 강남 아파트
뛰는 게 아니라 날아간다 애들 장난도 아니고

흔들리는 마음

동네 사람이 집들이를 했다
낮은 산자락에 키 큰 나무들을 여럿 베어내고
나지막이 조립식으로 아담하게 지었다
살던 곳에서 멀지 않은 곳이었다

아궁이를 놓고 큰 무쇠솥도 걸었다
조립식 주택에 아궁이라니
벌어진 입이 다물어지지 않았다
조용한 곳에 자리 잡은 것도 맘에 들었다

나에겐 큰 도시의 수억짜리 아파트보다
저 작은 집에 더 마음이 간다
겨울엔 나무들이 눈비 찬바람 막아주니 따듯하고
여름엔 시원한 그늘 만들어줄 터이니 그 아니 시원할까

흙먼지 이는 아담한 마당이 있고
집 위 터에 옹기종기 닭을 기르는 닭장도 만들고
어미 개와 강아지들 신나게 뛰어놀고
가까운 곳에 큰길도 있으니 사는데 아쉬운 게 없다

수십 억 나가는 집도 부러워한 적 없는데
저 아담한 오두막 같은 집 하나가 나를 흔든다
집이야 비바람 추위 막아주고 잠자리 되어주면 되는 것
그 이상 무엇이 더 필요하단 말인가

의문

살아생전 원수처럼 지내던 두 사람
죽어서 묘원 옆자리에 나란히 같이 묻혔다

그 양반들 저세상에선
묵은 감정 풀고 사이좋게 지내고 있을까

아니면 지금도 여전히
치고받고 싸우며 피 터지게 다투고 있을까

사이좋게 자리 잡은 편안해 보이는 저 두 봉분이
모든 것이 다 부질없음을 증명하고 있는데

파랗게 돋아나는 잔디가 더욱 푸르른 묘원
정다운 이웃 되어 따사로운 봄기운 정답게 나누고 계실까

홈런

깡~~ 까마득히 흰 포물선을 그리며
하늘을 뚫을 듯이 날아가는 저 상큼한 홈런 볼
아름답다! 참으로 눈 시리게 아름답다!

저걸 보기 위해 경기장을 찾고 중계를 보나니
공과 방망이가 만나는 그 순간은 얼마나 아름다우며
그 순간이 빚어내는 경쾌한 마찰음은 또 얼마나 싱그러운가

그 탄력으로 저 멀리 날아가는 공도 아름답지만
날아가는 공의 배경이 된 저 푸른 하늘 역시 상큼하다
공과 소리와 하늘이 이루어내는 찬란함의 극치

홈런은 언제나 아름다운 한 폭의 그림이다

졸시

시면 어떻고
시가 아니면 어때

깊이가 있으면 어떻고
깊이가 없으면 어때

공감이 있고 파문이 일어
잔잔한 감동이 스미면 되는 거지

가슴에 슬그머니 감겨드는
향기로운 잔물결 여울지면 되는 거지

규제
- 갑질

조(兆)가 아니면
말도 꺼내지 마라

어디서 감히
억 따위가 말을 붙여

창피하게시리
아무리 수천 억이라고 해도

감전

그녀가 톡으로 보내온 커다란 빨간색 하트 두 개
뜨거운 사랑이 펑펑 터지기라도 한 듯
조용했던 가슴이 출렁거린다

설마 당신을 사랑한다는 뜻은 아닐 것이나
그것이 헛된 그림에 불과할지라도
내 가슴은 찌릿찌릿 감전되어 얼굴도 후끈거린다

투성이 세상

마땅치 않은 것투성이인 이 세상에서
오늘도 나오는 건 욕뿐이다
눈에 거슬리고
귀에도 잔뜩 거슬려서
한마디 하지 않고선 그냥 넘어가기 힘들다
욕이라도 내뱉어야 속이 뚫리니까

온통 허점투성이인 이 세상에서
때라도 덜 묻히며 살고 싶은 건 내 소박한 꿈이다
그래봤자 헛된 꿈에 불과하겠지만
그래도 그런 고운 꿈을 가꾸며 산다는 건
남들은 모르는 나만의 기쁨이다
세상이 어찌 되었건 그건 내 고집이고 난 그렇게 산다

환한 마음

울고 싶을 때
때려주는 따귀는
그 얼마나 고마운가

내려야 할 차에서
그만 내리라고 열어주는
차 문은 또 얼마나 반갑던가

필요로 하지 않는 곳에서
눈칫밥 먹어 가면서
살 필요는 없다

기회만 엿보며 오롯이
기다리던 그 순간
확 터져버린 불꽃처럼 마음도 환해진다

언젠가는 오리라 예상했던 일
기꺼이 가슴으로 뜨겁게 맞이하면서
눈물 아닌 한바탕 웃음으로 세상을 위로한다

소소당 대표

소소당 만들길 잘했지
당수 노릇은 엉망으로 하지만

그래도 당원 몇 명은 얻었네
소소당이란 말만 믿고 선뜻 입당한 사람들

별 볼 일 없는 소소당원 되어 보잘것없는 나와 함께
소소한 행복과 즐거움 나눈 것에 무한히 감사하단 그 사람

열성 당원 딱 한 명만 있어도 완전 대성공
나의 창당은 밤하늘의 반짝이는 별보다 더 빛나는 일

나는야 누가 뭐래도 행복이 넘치는
소소당 대표 소소라네

개새끼

제 이빨로 남을 깨물고
제가 더 고통스러워하는 어느 축구선수

정말 개새끼

4부 인생은 운전
고봇밥

악몽

입 벌리고 껌 씹는 사람
정말 싫어

짝짝 껌 씹는 소리 내는 사람
정말 정말 싫어

이 두 가지를 다 가지고 있는 사람
정말 정말 너무 너무 싫어

크레도스를 보내며

보낸다는 말이 애달프다

너를 처음 만난 것이 1997년 9월
추석을 며칠 앞둔 시점이었다

그로부터 어언 18년이란 세월이 흘렀다
만 17년 3개월을 함께 했다

그동안의 희로애락 더불어 나누었다
나의 사십 대와 오십 대를 관통한 내 인생의 산증인

이제 너를 보낸다
아쉬움과 안타까움과 슬픔을 비벼서

아직 숨결 온전하지만
여기저기 병든 곳 많아 더 이상 함께 하기 힘들구나

지난 세월 너와 함께 했던 그 모든 것들
잊지 않으마 결코 지우지 않으마

넌 내 삶의 일부분이었다
너와 함께 해온 그 세월에 감사한다

그동안 보여준 너의 헌신적인 수고와 노고에
마음으로 머리 숙여 감사한다

다시 한번 애도하며 너를 보낸다
잘 가라

고맙고 고마운 나의 친구 크레도스야
너의 명복을 빈다

기집애 친구

내가
기집애라 불러도
좋은 사람

내가 또
기집애야 거듭 불러도
웃어 주는 사람

기집애란 말이
욕이 아님을 스스로
먼저 아는 사람

나에게
기집애란 말을
가르쳐 준 고마운 사람

세월 흘러
중년이 된 지금도
기집애처럼 초롱한 사람

긴 세월 머금어
할망구 되어도 언제나
기집애처럼 티 없이 살 사람

언제나 영원히
기집애로 살아다오
고마운 벗이여 내 동무여

스마트 인생

길을 걷는 한 소녀
발걸음 매우 느리다

길을 걸으면서
앞에는 관심이 없다

고개를 숙여
무언가를 보고 있다

문득 가던 걸음
아예 멈추고 섰다

다시 걷기 시작
걸음이 더 느려졌다

인생이란 얼마나
멀고 위험한 길이던가

앞길에 어떤 장애물
있을지 누가 알랴

천천히 걷는 모습이
여유로워 보이지 않는다

오히려 불안하다
보이지 않는 인생이 그러하듯이

부끄러움

내 돌출 행동이
과감함을 넘어 과격하기까지 한 것은
내가 무지하기 때문이다

가지고 있는 지식과 경험의 경계가 짧아
작은 것으로 큰 것을 판단하는
무리수를 너무 쉽게 범하기 때문이다

별것도 아닌 알량한 의미를 자랑처럼 지키려
자충수를 두고 있음을
전혀 모르는 어리석음 때문이다

부끄러움이 뭔지도 모르는
철면피보다 더 두껍고 뻔뻔한 낯짝을
없는 듯 감출 줄 모르는 지혜가 없기 때문이다

어떤 슬픔

무엇을 해도 마땅치 않은
시대 적응을 잘 못 하는 부적격자
이것도 싫고 저것도 싫고
이 건 이래서 싫고 저 건 저래서 싫고

그냥 고고하게 이슬만 먹고 살라면
일 없어 정말 좋겠구먼

꽝

언제나 아마였다
늘 프로 흉내만 냈을 뿐

단 한 번도 그 무엇 하나
제대로 된 적도 한 적도 없었다

그저 시늉만 하면서 살았다
전부 다 꽝이다

인생역전

인생역전은 꼭 로또가 맞아야만 이뤄지는 건 아니다
오로지 자신의 피와 땀과 눈물로 이뤄지는 것이다

한 방에 이룬 인생역전은 언제 또다시 역전될지 모르지만
땀으로 이룬 그것은 쉽게 무너지지 않는다

가을 야구가 열광 속에 한창 진행 중이다
신고 선수로 들어온 선수의 눈물 어린 성공이 감동을 준다

이것이야말로 진정한 의미의 인생역전이다
눈물에 젖은 빵을 먹어본 사람만이 얻을 수 있는 진리다

– 프로야구 넥센의 2루수 서건창 선수를 보면서…….

낭패

경찰관 둘이
길가에 차 한 대를 잡아놓고
딱지를 떼고 있었다
아하, 또 한 건 올렸구나

딱지를 떼인 그 사람은
지금 어떤 생각을 하고 있을까
자기 잘못을 반성하며 자책하고 있을까
아니면 재수 없는 날이라고 원망을 하고 있을까

일 끝낸 경찰차 의기양양 먼저 떠나고
황당한 기분 속에 출발을 미루던 불쌍한 그 차
어느 틈엔가 안개처럼 사라지고 없다
창피한 얼굴 감추기라도 하듯이

인생은 운전

운전석에 앉아 차를 몰고 간다
둥그런 핸들 돌리며
어느 세상으로 나를 몰고 가는 걸까
내 맘대로 조종할 수 있는 물건에
나를 싣고 나를 몰고 가는 일

생명도 없는 저것에
일시적으로 생명을 불어넣고
더불어 목숨 담보하여 함께 가는 길
뛰는 심장을 느낄 수는 있으나
대화는 안 되는 차가운 물건

자동차 없는 세상은 상상도 할 수 없다
갖출 건 골고루 다 갖춘 고마운 친구
너랑 함께라면 어디인들 못 가리
내 뜻대로 안 되는 것이 인생이거늘
내 맘대로 잘 따라주는 네가 진정 고맙구나

국립중앙도서관 출판예정도서목록(CIP)

고봉밥 : 사진과 시로 들려주는 꿈을 찍는 사진쟁이의 소소
한 이야기 / 글 사진: 강돈희. -- 포천 : 담장너머, 2018
    p. ;   cm. -- (강돈희 시집 ; 8)

ISBN 978-89-92392-54-9 03810 : ₩10000

한국 현대시 [韓國現代詩]

811.7-KDC6
895.715-DDC23   CIP2018029953

Over a Wall Poetry
29

인지생략

고봉밥

2018년 10월 1일 초판 1쇄 인쇄
2018년 10월 3일 초판 1쇄 펴냄

글 사진 | 강돈희
펴낸이 | 송계원
디자인 | 송동현 정선
제 작 | 민관홍 박동민 민수환
펴낸곳 | 도서출판 담장너머
등 록 | 2005년 1월 27일 제2-4102
주 소 | 11123 경기도 포천시 화현면 달인동로 89-1
전 화 | 031-533-7680, 010-8776-7660
팩 스 | 031-534-7681
이메일 | overawall@hanmail.net
카 페 | http://cafe.daum.net/overawall

ISBN 89-92392-54-9 03810
값 10,000원